# 普遍の一途

内堀みさき

七月堂

# 目次

# 普遍の一途

# 接触センサ

眼球と景色を剥離させたい
見様見真似でつくったプラスチックのカカシを立たせる
アカシックレコードの最後にある句点を想像して
この嵐の中の雷を操る特別な人間になりきる

私に埋め込まれている毛穴の全て一つずつ丁寧に爆弾を詰め込んで
いとこのみーちゃんが振り返るまでに爆発させたい

気の触れた人間を隔離させた10年後の世界
汗をかいたサイダーは生まれるその日を待っている

感情のない部屋に転がる宇宙
毎日配給されるブリキのおもちゃ
汚れたスニーカーを履いていた時　一番かっこいいと思えた

一か八かで浮上した雲はマヌケなタヌキをも魅了させて
バルーンの一族と火星を夢見てちりぢりになった

足を離すところからが先だ

# 耐性の暁に

一億五千万km先の黒点のような
ヤニで汚れた心地の良い空間で
世界で一番小さい悩みに立たされてしまった
一寸先は闇でなく　一寸先は現実だ

はじめは些細な水滴だった
スポイトでちょんと落とされただけの
芸術性すらかんじさせるような

表面張力はいつまでも続かない
つぶつぶの山たちを一つの湖にまとめて

制御できない波をつくって押し寄せてくる
確実にドリップされた水滴はコーヒーカップいっぱいに
また表面張力をつくった

防波堤の向こう積み重ねられたガムシロップの山に些細な一撃を！

# 赤色の非常口

爪が長いせいで
生活指導にも怒られるし
床に落ちたものも拾いづらい

まっすぐ行った先ですれ違う人々
「こっちには何もありませんよ」
そんな視線を交わし合いながら
「こっちよりはマシですよ」
勝ち誇る口元

# ビタミンB5

止まらない無責任な恐怖に今日も涙を流す
なんてこともないただの涙だ
結局のところ涙も　固体として風呂に浮かぶスーパーボールのようになれば
優越に浸ることもできるのだろう

静まり返った部屋に　何もないこの空間に
少し濁った微かな色を

# 渦の中の記憶

思い出せない記憶は渦の中
感情が探している景色は
鰻屋の裏でも
小川の小道でも
お祭りのヨーヨーやスーパーボールのプールの中でもなかった

南の島なのかオーロラの見える小さなログハウスなのかも分からない
水色でも黄色でも薄ピンク色でもあるような気もするし
パステルカラーでもネオンカラーでも当てはまりそうな気もする

掴めないものは

天気が良くても曇りでも雨でも
いつでもいつまでもつきまとう
ホットケーキとお皿の間に密に潜んでいる水滴のように意味もなく存在し
記憶の中にこびりつく

私が探しているのは本当に景色なのだろうか
本当は目に見えない感じることも出来ない匂いなのかもしれない

# 鳥目ナイト

とりとめのないこと
とりあえずメモして
昨日植えた桔梗を
奇々怪々と上の方へ晒し
さらさらと流れるそうめん
嘘ついてごめん
置手紙は
ガミガミうるさい母さんに
オチもなく淡々と伝える
LサイズのTシャツ
シャイな少年が

年がら年じゅう聞いていたUロックを
ユーロのリスクと鑑みる
カンガルーとリスの徒競走は
東京を総なめにして
ソウルに続き
嫁ぎ稼ぎがままならず
わがまま見栄っ張りで
見えない癒えないが言えない

# 幻想勧告

野菜ジュースと缶ビールが転がる大きい水たまりのある道
彼の一番左は私の右なら
耳元から流れる音楽は足踏みの止まらない体操
ネパール人のインドカレー
ねじ伏せられた雑草は
水を得た魚のように
「待ってました！」と言わんばかりに
電信柱と競い合う
取って付けたような政治家の決まり文句が
ゲームの世界で溶けていく
右にならえ！　左にならえ！

鳴り止まない交響曲は
秋の風をしっぽにつけて
うねりの中　スピードは変わらない

# ティースプーンに盛られた憂鬱

さらさらさら
溶けていく悪寒が
気付かれないよう水面を揺らす

ドロドロドロ
沸きそうなマグマの中に
すみれの花を見つけた

しとしとしと
雨の日は湿気が立ちはだかるけど
雷が鳴る日は

怖いね
　うん。怖いね
何処か落ち着く

枕に顔を埋めたとき
叫ばなければならない気がした

くるくるくる
反時計回りの
冷たい温もり

# あさって去って

丸の中　真っ黒
直観は見て見ぬ振りで
感情から撤くことができる
小さな町の
小さな夏祭りの端っこで
言われた気休めを未だに忘れられないまま
中途半端に
マグカップの縁を辿り
喉を通り
全てを含んだ言葉になればいい

蝉が嫌いだと
しんしんと凍えそうな
窓の外を眺めて言った
脈略のない違和感が
心地よかった
丸の中真っ白

# まつげの光ファイバー

ラジオから世界に広がる秋の夜長は
瞬きを意識するたびにどこかの誰かと通ずる
「あの人は三角形で私はひし形」でも
私の赤いコートが浮輪の縞に使われていようとも

しぼんだ気持ちを無理に宥めず
感情は一旦、他の誰かに預けておく
幽かに薫る異国
歩んできた歴史を知らないのに「今」が遠い昔のように感じた時
無意識に優劣をつけていたことに気づく

部屋に漂うちょっと冷めた蜂蜜入りコーヒーを
一気に２口飲んで
何も気にせず長い瞬きをする
夜間逃避行
スピーカーの振動で揺らす地球
空にのびる万国旗

# 湯気

赤いポスト
誰かのいる部屋
二度寝の布団
カーテンを追い越す太陽のあかり
底に沈むココア
ハンドクリームの匂い
新しい歯ブラシ
唐揚げのレモン
五時の鐘
カントリーミュージック

もやもやと柔らかい向こう側に
まぼろしのような日常
気付かないまま
溶け込んで充満していく
冷めるのは
「長いあっという間」

# ドーナツの穴のなか

コールアンドレスポンスのレスポンスが異様に鈍い
彼女は他でも生きているというのに
そろそろ母国語に疲れてしまったのだろうか
ならば　取り出したスケッチブックくらい見られるでしょうに
彼女は背中を顔にして本気で笑う
文明の発展を悪用して、また働き鳥のせいにでもするのか

左手で握りつぶせる感覚が右手でも分かるような気がしていたのに
私にはもう見えません

私の周りだけを残して　あとは綺麗にごみを並べる

（彼女がどんなに美しい宝石だと言ってもそれは所詮ゴミです）
そんなに美しいと豪語してもあなたの口癖ですべて崩れました

時々思い出してあげる

## 普遍の一途

神様は僕にこの坂を与えました
時給８７０円　飲食店のしがないアルバイターです
こんばんは
下ってすぐの信号はいつも青になります
自転車にブレーキはかけません
危なくはないです
日本の赤信号を信じていますから

信号は絶妙にイラつかせる長さです
でも赤の時はどんなに車が来なくてもちゃんと待ちます

誇り高いです
したり顔です

誰が住宅街は治安がいいといったのでしょうか
一昨日もテレビのニュースで閑静な住宅街が晒されていました
僕が通るこの公園の裏道も血の匂いが漂ってきています

# 正体をなくしたくて

なんだって相乗効果は恐ろしい麻薬
一つじゃない愚かさで
なんにでも変身できるモンスターは
この前も歴史に残る殺人鬼に変化

前もって知っていれば
事前調査さえあれば私だって心持ち変わりました

何が言いたいかは私が一番良く分かってないから
あなたのいつもの勝手な解釈で教えて欲しい

どんなアルコールにも敵わない気持ちよさで
私の心と体を蝕んで

いつでも世界の中心でいられる
いつでも悪行の主犯格みたいな顔で
実は雑魚キャラでした〜　的な展開ください

私には求めるものが多すぎて何が補充できてるか確認できない状況です

夜中一時に意味の分からない音楽を
隣の部屋に漏れない程度に聴きながら
自分に酔いしれる自分

今日こそ卒業したい。なにから？
すぐ今の自分からシフトチェンジしたがる

そんな瞬時に変われたら
ドッペルゲンガー
アリの巣状態

# 虚構のマグマ

まどろみの隙間に
うねるネオンの青
手で掬えそうな水に浮く影を　さっと揺らす

建物の隙間に愉快そうなネズミ
深追いする気は無い
似たようなパーツを集めて
全く違う話を作ってしまおう
記憶など実に不確かで脆いものだから
無駄なことも二回言おう

子供用プレート
「マグカップはお持ち帰りできます」
サラダの上の赤いものを転がして
サーカスがやってくる

脱力した瞼の裏に半透明のポリ袋

# 0.5cmの紛争

出発40秒前に歯磨きを始める
剝がれたマニキュアを気にはしていられない
ほつれたボタンの糸に気づいたのは　我ながら失敗してしまったと思う
平坦なつまらない道をまっすぐ進む
夢の中ではないのになかなか縮まらない
紙テープを切って貼り付けたり折り畳んだりするイメージが浮かんで頭から離れなくなる
何だか笑けてくる

# 宛所に尋ね当たらず

夕日を背にして暗闇の中に飛び込むのが未来を行くことなら嫌だ
聞こえてくるものにあてもなく凝らす
混ざりあう暴君
どれをピックアップしよう

何を求めて何を求められているのか
同じペンじゃないから難しい
消しゴムが我が物顔で生きているから支配されるのを怖がっているのか
鉛筆を持つ権利をくれ

赤ん坊みたいな教訓がいずれ世界を良くしてくれると信じて

# マーブルマーブル

## ふたつ

夢の中の君
まだ黒髪
芝生　寝転ぶ　首筋にキス

自己主張のない空気に
いい気になって
口を開けたまま

呼んでも
もう返事なんてしてくれない

油断＝泣く　口癖＝独り言
油断＝泣く　口癖は独りぼっち

渦巻いて蠢いた
ひたすらに俯瞰していた
疎ましさに頷いた

思惑の愚かさに
身体の中が揺れた

バケットハットで顔を覆う
たどり着けなかった足跡が
不意に消えてしまった

夢の中の君

もう黒髪
太陽　見下ろす　まつげに憂い

# ノゾキミ

はぐれたコドモ
苦し紛れの楽しさに
向かう先

手のひらの甘い残り香
鳴りやまない祭囃子
軽い足取りは未来への暗影

めくって剥がしてくっつけて
苦しさをループ
行きはヨイヨイ帰りはコワイ

歩くと古ぼけた街灯がつく道
確信のない十歩先
石段の数　阿吽の呼吸
あやふやなものが暗闇をつくって
足元をすくう

息をひそめて鈴を鳴らせば
絵馬のつり下がる向こう側
狐のお面
つままれたのは
卵の白身

障子の隙間から
連なっていく私

# 君は私の生贄

転がり込んだ日付けが
目に余るので
エレベーターの最上階を押してそっと出た

マントがないから足音を隠したくなった衝動
今後ろで何が起きようとも振り返らない自信が
授業開始十三分後に開いたトビラで
照準をなびかせる

螺旋階段を登り切ったら　時空を超えた気になってた

数万年の時差をかけてゆっくりと傾く
目印はハートですか　星ですか

ベルガモットに愁いを含ませたので
そろそろ手紙をはがきに変えてくれないか

# コントロールZ

夢に出てきた見たこともない人
アクアリウムの中に閉じ込めた初恋
生ゴミばかり溜まるビニール袋
白い水筒の茶渋
出し過ぎたハンドクリーム
二人分の冷凍ごはん
万有引力で欲しがったりんご
水からゆでる根菜
登場人物の多い小説
はずみで出た言葉

見えなくなったビールの底に
冷え冷えとしたアルバム二曲目がめぐる
時折来る沈黙の苦しさに
比べることもできない狂おしさに
ドッペルゲンガーの萌芽を探る

# ランドマーク

ホイップクリームが溶けだしたココア
オールディーズの流れる古着屋
片手に感じた違和感は
次第に硬くなってなぜか泡になる

他所行きの身体に波が寄せて
気付いたら数千マイル先の岸に行き着いていた

冷めてしまったそばの中に七味を入れれば
眠るときの掛け布団のぬいめが暴かれて
嫌味たっぷりにまぶたを閉じることを嘲笑う

怪しい緑が浮遊する工業地帯
夜露を貪る公園の草木
右手を最後に飲み込むように
地球は私を欲しがった

だ

冷めたコーヒーを飲んだ
荒れ果てた感情の行方を悟った
膝にはあたたかい生きもの
アーガイルの微かな重み
冷めた目で甘えてくる
小指の第二関節
笑いながら溺れた

陽だまりの中の
赤煉瓦の街並み
陽気なカルヴァドス

知らないけど
知っている

迷子になった
三つ編みの真ん中の束
一つでも同じものがあれば
全てが同じような気がして錯綜

顔を伝った涙からいい匂いがした
浅い眠りを繰り返す

破れたプラスチックから覗く
やわらかい期待と遺伝子的義務

# 空っぽ

どんな言葉も嘘っぽくなる
踏みつけてきたものを拾ってそっとポッケに入れる
ジーンとなる

尊いものが段々色褪せて
ボロボロのスニーカーが走り出した
鼓膜が破れても　叫び続ける
凶器は手に触れ離れ纏わりつく
コントロール不能

手に持ったハンカチに血痕がついてた

まただ

忍び寄る幸せに認識できない苦しみ
ムラのできた剝がれたペディキュア
カタチになったソレ以上でもソレ以下でもないもの

投げ掛けたら落とされた
暗闇はガラクタまみれ

天気の良い祝日にあなたに馳せるユモレスク

# 水たまりに映る

見え透いた真実を
煌びやかに振りかざして
ほほをたたいて
きれいに消えた

月がいつもより近くて
見透かした心を　食べていく
ただの定型文に儚さが溶けて
許してしまいそうになった

腹の底に眠る卑しさに本人は

皆が飽きたころに気が付く
砂漠の夜も同じなのだろうか

分かって分かって分かりきって
分かり飽きても
ゲームクリアにはならない
正しくは
突然現れた
別ルートでの
サービスポイント加点

あの時の顔と同じ顔
やっと追いついた
あいつの背中は私の背中

# セピア色の公園

目をつむれば
騒がしくって
ワクワクするような切なさの中で
フレアスカートが無邪気に踊る

右手を耳に近づけて　湖の向こう
息をひそめるあの子に集中した

夜空を見つめる男は
過去も未来もない
無限の中に

居続ける

恐ろしさに
可笑しくって
転げまわる

光に苦しむ悪魔が
かわいそうで
じっと見つめる

あの頃届かなかった宇宙が
イヤリングをかすめて
到着した信号
深呼吸でなぐさめて
お菓子の紙屑

左手に持ちながら
立ち入り禁止を蹴った

汗とシャンプーの匂い
瞬きの風すら
無意識と異質のインスタレーション

# 丁字路のつぶて

言葉が刺さる空に
腕を伸ばして真青を求め振り続けた
欠けたところが時折埃のように落ちてきて嗚咽する

ひっきりなしに差し込む光が傷口をヒリヒリさせて
二度と消えないように優しく包み込んだ

私から抜けていく言葉がどんどん死んでいくみたいに
土に返って新芽を出すように
罪悪をあめ玉にしていく作業をひっきりなしに行う

赤と青の透明フィルムを掲げて答えを急かした

取り乱したつま先に　惑星の明日を託せば
小走りに動き出したカタツムリたちが
不穏の余韻を漂わせる

遠くを見るような目で近くを見たとき
歩道の信号が点滅し始め
明後日が奥歯の端々であくせくしだす

喧騒を抜け出した裏口の
タンクの下に待つ時間

# つきだしのクオリア

ビールの泡に浮かべたガミースマイル
上手く捌えないを理由に
一気に飲み干して
店の端っこにあるはずの
ごきぶりホイホイを
昔つけられたあだ名を思い出すみたいに探す

うねったくせ毛　青髭　耳の裏には化学兵器を潜ませて
よろめきふらつき
ぺちゃんこの座布団へ誰かに蹴られたように座る

錆びついた勝手口の一ダースのビール瓶
へつらう渦の沼で優等生的異常者を横目に
鉄板にこびりついた動物たちの粗相を
丁寧にはがし終えれば
音のなる左腕でとどめを刺す

日焼けの進んだメニューの裏に
ぴったりと潜む若気の至り全てを並べても　到底月には届かない
事細かに思い出そうとする瞬発力を逆手にとって
透明なゼリーに籠ったスッポンを神経質に捕らえるしかない

刺身のつまには退屈な大嘘
わさび醤油が丸く収めて
最後のページに書かれたメモを読み返す

反射するすべてから伸びてくるぬらりひょんたちを
こともなげに断截すれば
酸素のように取り込む眠気が漂流する
上瞼と下瞼のすき間にぬるぬると笑い合う蜃気楼

言づけにすずらんを

時計台が遠くに見える小さな路地から
スキャットを連れ出す

街灯のリズムが夜空への階段のつくり
細い指先を星空へ変えた

口角の上がる赤いリップに
不可思議なシナリオを添えて
バジルで味をととのえてから
デザートをゆっくり考える

丸い地球に浮かぶ船の上で
大気圏に5月1日の日記を挟んで
何事もなかったように赤ワインを一口飲んだ

思わず出た口笛に悲恋を孕めば
遠いジャングルの小さな子守唄にやさしいスコールが降る

踊り出したブルーのドレス
白い腕がソワレへ導く

# アトランティスめがけて

追い越し車線
斜めに抜け駆け
くぐり抜けるジャングル
繰り返される既視感覚
眩しさの対価は睡眠不足に拍車をかける

泥で汚れたジーンズと黄ばんだ地図を
自慢するように
案内標識に異世界を確認して
皮肉のため息をついた

新聞のおくやみに私の名前はなくて
代わりに桜の満開の便りを受け取る

その足で渡った吊り橋
枝毛までも輝かせて
雨上がりの匂いを嗜む

群青の湖の底に私を確認して
浮き上がる泡に天命を待つ

# バターナイフ

春の温かい風に
剝きだした不服
指差した方向に自分がいないのが怖かった

自分の影を踏むように早歩きで
八分咲きの桜を潜り抜け
チューニングの外れたギターリフが
前髪を揺らす

通り過ぎる車のナンバーを意味なく覚える
去年から着ているトレンチコート

左ポッケにはいつだかのアメが入っていた
さも分かっていたように口にいれれば
こんな味だったかと妙に納得して歩幅が緩んだ

フラスコで混ぜた化学反応を
来世の私まで黙っていて
飛び越えたトゲトゲの柵のむこう
永遠に暮らせる街を探していた
甲斐性のないサボテンが花を咲かせる

# 一弦と六弦をとめないで

絵本を開いた時の
あのアナフィラキシー的な衝撃を
お祭りで掬った金魚たちの模範的反応を
レム睡眠へうっかり落とす

反応の悪いリモコン
くるくる回す乾電池の重さは
期待と失望を両方用意しておいたそれと同じだった

旧トンネルの響く声を面白がって抜けた先には
太陽をいっぱいに飲み込んだ小さな竹林が待っていたりする

フレアスカートを膨らませた純な空気を
力いっぱいに弾かせて
ゆるやかな刹那に音をのせた

一週間溜めた日記は
萎んでしまったピンクの風船を
膨らませるより手際悪く
いっそパンパンに膨らませて逃がしてやりたくなる

つついたほっぺの向こうで
けらけらわらう一瞬を何万回も繰り返せば
途切れてしまったラジオの電波
届いていったラジオの電波

# 聡明の理り

突然降りだした雨
5分前に散歩に行かなかった自分に安堵した

小さな手掛かりから壮大な妄想をして
大丈夫だと声に出して落ち着かせる

戸を引く音なのか
雷の音なのかわからないけれど
野性的な波動に身を乗り出して
安らぎが安らぎであることを確認できた

目に見えない真実を
占い師に預けてしまうのはやめにして
ひとまずアイスを2種類買おう

小面から読み解く表情から
取りこぼすことを恐れずに
無垢な気持ちを湯ぶねに浮かべて
悠々気長に待つ

ひっくり返した世界で
私は悪になっていればいい

# カステラから剝がす御都合主義

腹が立つほどの眠気と
三日前の筋肉痛が
皮膚の一ミリ下を這いつくばる
とどめを刺さずに
のんきに毒を交わした

浮かんで焦げつく思考を
瞬きの風で鎌鼬に変えた
横に割れたくす玉は
シャッター通りに転がる

差し出がましい厚かましい
二転三転する主張に
二、三粒の錠剤を噛み砕き
イヤイヤ期の大人が
出る杭を面白がった

悪事をアルコールに溶かして
慎重なふりをしても
こびりついた砂糖の甘さが
意味ありげにほくそ笑む

# かえりみち

思い出すのはいつかの夜の場所
切り取ったみたいに
見えない額縁が散らばる

漂う郷愁がメロディになって
今夜につづく

人差し指から溢れたコーラル
街灯で色めくケロイド
あの日の予想でくしゃみが止まらない夜

とりとめのないくだらない日々が
一番鮮烈で一番薄明

時間ではない
匂いや光

# ジップロックの世界で

開封すればあのいつもの
独特なにおい
独特な空気
独特な時間
外の音は全く遮断されて
中の音は一切誰にも届かなくなる

私は歌う

光なんか入らない
世界の陰にあるような場所

私は奏でる

Aメロ　Bメロ　サビ　Cメロ
ごちゃごちゃに混ざり合って
密閉される

されるがままなすがまま
息をするように取り込んで
瞬きするように残していく

時間がたてば総てはなくなる

# すみか

水辺の宇宙
藍色の世界
揺れている　揺れている
するっと抜けてしまう前に

残らない足跡
跳ね返る地球
見えない側に知らない過去
思い出すのは違う記憶
作っては壊され
壊されては作られる

いつかひとつに纏められて
悲しみも喜びも
混ざりあう
涙も笑顔も
混ざりあう

インカレポエトリ叢書Ⅲ
普遍の一途
二〇二〇年九月一日　発行
著　者　内堀 みさき
発行者　知念 明子
発行所　七月堂
〒一五六―〇〇四三　東京都世田谷区松原二―二六―六
電　話　〇三―三三二五―五七一七
FAX　〇三―三三二五―五七三一
印刷　タイヨー美術印刷
製本　あいずみ製本

Fuhen no itto


ISBN978-4-87944-415-8　C0092